살아 있는 것은 다 아파요

김성오
시집

살아 있는 것은 다 아파요

도서출판 북인

2024

김성오 시 읽는 방법

우리는 시를 통해 삶의 진실과 세계의 진실을 보고 들을 수 있는 것이라 생각합니다.

우리는 시를 통해 세계 속의 진실들을 보고 들음으로, 삶에 대한 깨달음과 지혜를 얻고, 어렵고 고단한 세상살이를 위로받으며 그 질을 높일 수 있다는 생각입니다.

시를 앞에 두고 저는 저에게 묻습니다. 이 시는 어떤 아름다움을 지니고 있는가? 세계 속의 비밀을 보여주고 있는가? 깨달음을 가지고 있는가? 하고 말입니다.

시는 우리의 삶과 대자연에 숨겨져 있는, 우리가 미처 보아내지 못하고 방문하지 못한, 미지의 것들을 보여주고 들려줄 수 있어야 한다는 생각입니다. 그것은 그러한 미지의 것들이 곧 삶의 진실, 세계의 진실과 맞닿아 있다는 믿음 때문일 것입니다.

그러니까, 제 시의 초점은 삶의 진실과 세계의 진실을 찾는 것에 맞추어져 있는 셈입니다.

그러니까, 한 40년 넘게 시를 써온 결과, 끝까지 살아남은 시가 100여 편 정도, 너무 많은 편수가 살아남았다. 내 시에 엄격하지 못했음의 방증일 것이다.

자신의 시에 대한 객관화에 나는 아직 미숙한 것일까? 내놓아 부끄럽지 않을 시가 어디 그리 쉽던가, 시에 올인한 생활이었다 해도 결과물로는 과하다는 생각이 든다. 하여 이렇게 시집을 낸다는 것이 여간 조심스러운 일이 아닐 수 없다.

시도 아닌 것을 시라고 내놓는, 그런 추한 꼴이 되는 것은 아닌지…. 심히 걱정스럽다.

여기에 실린 내 시들에게 용서를 구한다.
자식을 변변한 무장 없이
전장에 내보내는 부모의 마음이 이러할까?
참으로 참담하다.
그러한데….
당신은 지금 어디에 계시는지.

2024년 3월

차례

1부

난시

난시

내가 일구는 보리밭에 바람이 찾아왔을 때
바람이 흔드는 것은
보리가 아니라
그저 나인 것을
막무가내의 나인 것을
당신이 남기고 간
나를 보고 알았다
바람이 흔드는 것은
바람에 보리가 흔들린다고 아는
바로 그 남겨진 나인 것을.

겨울 햇살의 보람으로 여무는 보리
황금물결 보리밭에서
바람이
남겨져 흔들리는 나를
한사코 일구고 있다.

다리와 길의 묵시默示

언제라도 다리는
말하고 있는 것이다
여기에서 건너가면
여기가 건너인 것이라고.

강을 건너가서
다리가 물 위에 있다.
계곡을 건너가서
다리가 산속에 있다.

다리란
자신을 건너간 길
자신에게 뚜벅뚜벅 발자국 찍은
바로 그 길.

한순간 다리였다는 사실을 모른 채
한순간 다리였다는 사실로 남아 있는
다리를 건너간
사람들.

본능

멀리 파도가 부서지는 것이 보이는
언덕에
그물이 버려져 있다.
먼 길을 가는 새가 자주 내려앉았다 갔는지
새똥이 하얗게 군데군데 묻어 있다.
그물코에 목이 걸려
내내 퍼덕이던 해당화 낙엽들이
마침내 숨이 끊어졌는지
조용하다.
이 고요를 노리고 있었나보다.
억새 새순들이
닫힌 그물망을 열고
저요! 저요!
고갤 내밀고 있다.

환한 엄마

엄마란 원래 마냥 환한 거란다
마른 풀잎들 모아 둥우리를 만들면
그게 아침인 거야
기다려보면 알아
둥우리에서는 알이 나와
일출이 시작되는 거지.

새끼 비둘기를 키우는 시간은
콩과 수수와 겉보리 이런 것들로 가득하단다
이것들을 꺼내어 한 번 심어봐
이제, 비는 그냥 물이 아니고
계절도 마찬가지야
싹이 나오면
어제 내린 비가 무슨 말을 했던 것인지
지나간 계절이 무슨 생각을 했던 것인지
알게 돼
이 세상에 자식 아닌 것은 하나도 없어
엄마와 닿아 있는 것들
엄마를 만나고 있는 것들은
곧 날개를 달기 마련이란다.

눈도 못 뜬 채 어밀 잃었던
새끼 비둘기가
마침내 처녀비행을 감행했다.
시간이 텅텅 비어갈 무렵.

유배지에서

바람이
자신을 아는 바다가 무서워
꼭꼭 숨긴 몸을
갈대들이 온몸으로 일러바치고 있다.
이미 알고 있는 바다가 모른 체하다
엎질렀는지
하늘을 온통 뒤집어쓰고 있다.
그걸 본 오솔길이 급히 언덕을 넘어, 풍덩!
바다에게 발을 담갔다.
종아리까지 하늘이 묻었다.

진사채양각란국충문병

나는, 아침을 열어 햇빛을 꺼내기 시작했다
죄다. 부스러기까지.
가난한 나에게 아침은 주둥이가 좁았다
손등이며 손바닥 여기저기가 다쳤다
다친 손은 밝았다
환히 보였다
오늘, 내일, 어제…
피가 났다.
햇빛에도 피가 묻었다.
몹시 미끄러웠다 피 묻은 햇빛은
꺼낼 수가 없었다
나는 아침을 거꾸로 들고 흔들어댔다.

너무 가벼웠다 햇빛 없는 아침은
우글쭈글해서 보기에도 흉했다.
나는 구석에 아무렇게나 팽개쳐놓은
달콤함과 파도와 노래…
따뜻하게 모아
알맞게 아침을 채웠다.

해산

이윽고 아내가 열리고
나는 조심조심 꺼내었다
일출에 물든 구름이 딸려나왔다
붉은 수평선도 함께 딸려나왔다
몹시 뜨거웠지만
잘 추리고 사려서 포대기에 곱게 내려놓았다
출근길, 꽃밭, 풀잎에 맺힌 이슬…
이런 것들은 그대로 두었다.

그때가 언젠데
아직도 펼쳐보지 못한
이 이른 아침 새소리
선명하게 분만의 신음과 피가 묻어 있는
그때 하마터면 꺼내지 못했을
꼬깃꼬깃 접혀 아내의 구석에 숨어 있었던.

아, 아내는 지금까지 열려 있었구나
이렇게 추운 세상에 여태껏
자신도 자식도 남편도 닫아주지 못했구나!
마냥 열려 있었구나!

한데였었구나.

아침에 딸년이 해산을 하였다는데.

점등

너무 아픈 당신을
당신에게만 맡겨둘 수밖에 없어서
어떻게든 당신이 되고 싶은
석양이다.
막 해가 넘어가는 서산이 어둡다.
이제 하나둘 점등이 시작될 것이다.

위태롭게 자신을 지키고 있는 당신에게
나와의 임무 교대를 간청하며 어둠이
골목마다 가로등을 켜고 있다.
점등이란 얼마나 아린 부탁인가.
이제 속절없이 캄캄해질 당신을 위해
한 알 두 알 몇몇 등불을 준비하며
나 또한 어쩔 수 없이 캄캄해져야 하는
저물어가는 당신 밖에서…
서성이면
대신 아플 수 있다는 것은
얼마나 눈부신 축복인지.
어두운 골목길의 환한 가로등이
마냥 부러운

저 고개 숙인 사랑
사랑은 언제부터 저곳에 서 있었던 것일까.

서울 갈매기

고향을 떠나올 때
바다가 몰래 따라왔었나보다
처음엔 언뜻언뜻 그림자가 스치더니
종로에서 심하게 넘어졌을 땐 얼른 달려와
부축해 일으켜주는 것이 아닌가.
구로동에서 몸져누웠을 적엔
잠을 거르며 간호해주었다
그때 처음 바다에게 업혀보았는데
등이 따스했다
나는 이내 잠이 들었었다. 한번은
영등포에서 면목동까지 함께 걸어간 적이 있다
밤새워 가로등 불빛에 파도가 밀려와 부서지는
환한 동행이었다.
아무래도 잊을 수 없는 것은
내가 날개를 다쳤던 때의 일이다
바다가 아니었으면 나는 아마
불구가 되었을 것이다.

언제부터인가
그 바다가 보이지 않았다
돌아간 것일까?

노을

왕복 2차선입니다
정신없이 나를 몰고 갑니다
잎이 무성한 생각들이 함께 타고 있습니다
바람은 낮고 하늘은 높습니다
급커브 내리막길을 막 지날 무렵,
아!
급브레이크에 생각 하나가 튕겨나가 그만
아작! 구겨져버렸습니다.

비포장이었습니다.
하행선이었습니다.
귀향길이었습니다.

강 도시 그리고 진실

1

강을
사이에 두고
내가 나를
슬그머니 껴안는다.

2

강남과 강북 사이에는 언제나 강이 있었다
그곳에 강남과 강북이 있다는 사실은
그곳이 강을 가지고 있다는 사실.

이 강을 건너가면
두말할 것도 없는 강북이라서
지금 나는 강남에 있는 것
강 곁에서
건너편에 강남을 둔 사람은
기필코 강북에 있다.

3

강은

선천적으로
강을 건너는 다리[橋]를 가지고 태어난다
누군가 강을 건너야 할 그 자리에
정확히 놓여 있는 그 다리
사람들이 강에 인간의 다리를 만들 때마다
하나씩 사라지는 그러한 다리, 한때
헤엄쳐 강을 건넌 당신이 걸었던
바로 그 다리.

그렇게 또 강을 건너는 나룻배들…
하구의 나룻배는 유독 발이 짧았다
그러나 발자국은 길었다.

4
진실이 그러하듯
흐르는 것은 강이 아니라 그저 강의 물
강을 만나 강의 물을 따라가면
강은 또 다른 강을 만나고
강이 강을 만나는 곳에서
강은 넓어진다.

보다 넓은,
보다 많은 강을 만난
보다 긴 강, 보다 큰 강.

강이 넓어질수록 깊어지는
강의 물
보다 넓어진
보다 많은 강을 만난 강의
넉넉한 품으로
보다 깊어진 강의 물을 따라가면
따라오는 자의 거주지를
발원지로 하는
흘러가는 도시들이 있다.

목포 군산 울산 광양 부산 신의주 남포…
보라
바다를 만난 강의 물은 당연히
강을 떠났다.

5
하구언…
은밀한 강의 그곳에는
도시가 있었다
도시에는 다리가 참 많았다
현수교라든지 사장교라든지 라멘교라든지…
강의 원초적 다리를 사라지게 한 이
인간들의 다리들
사람들의 선천적 목마름 같은.

6
아무리 달음질쳐도
흐르지 않는
강.

그대 그리고 나

한 걸음 어둠이 앞서 있는 곳에
등불이 있다.
한 걸음 등불이 앞서 있는 곳에
어둠이 있다.

한 걸음 앞서 있는 어둠이
등불을 켠다.
한 걸음 앞서 있는 등불이
어둠을 켠다.

타향

폭풍이 쓸고 간 바닷가에
오후의 지친 파도가 밀려와 쉴 즈음
수제선 모래밭엔
어디서 떠밀려온 공산품들이
두런두런 고향을 이야기하고 있었다.

끊긴 길

길을 가는 사람이 끊긴 길을 만난다
끊긴 길을 만난 사람은 길을 가는 사람
길을 가서 지금 내가 끊긴 길과 함께 있거니
함께하면
기꺼이 다리가 되어주는
끊긴 길.

길이 사라진 곳에서 시작되는, 나름
당신을 나에게로 건너올 수 있게 하는
그 길.
간혹,
나를 당신에게로 건너갈 수도 있게 하는,
더러는
우리를 우리에게로 건너가게도 하는
건너오게도 하는
그런 길,

한사코 자신에게로 걸어간 길
언제나 도착해 있는 부지런한 길
길을 잃은 자의 길

아, 그 모든 다리의 시작이었던
끊긴 길.

끊긴 길이 다리를 낳는다.

다리가
뚜벅뚜벅
나를 건너가고 있다.

교각

교각은
지금 여기에서 지금 여기를
건너가고 싶어한다
건너오고 싶어한다.

여기를 건너가야 여기로
건너올 수 있다고
여기로 건너와야 여기를
건너갈 수 있다고
오직 여기를
목이 터져라 외치고 있는 교각.

여기와 헤어져야 여기와 만날 수 있다고
여기서 떠나가야 여기로 올 수 있다고
여기서 사라져야 여기에 나타날 수 있다고
여기를 넘어가야 여기를 넘어올 수 있다고
오직 여기를
불철주야 여기를
온몸으로 외치고 있는 교각.

단 하나
다리의 길인
교각.

그 섬

내가 뚜벅뚜벅 걸어서 갈 수 있었던
그 섬은
뭍에 이른 다리를 하나 가지고 있었다.
한사코 섬을
섬이 아니라고 말하는 그러한 다리를
정말로 섬을
섬이 아니게 하는 그러한 다리를
하나
가지고 있었다.
오직 자신에게로만 오는
오직 자신에게서만 떠날 수 있는
오로지 자신에게만 닿아 있는
앙다문 길을
그러한
옹고집의 다리를
하나
가지고 있었다.

양손에 젖은 신발을 움켜쥐고
무릎까지 물에 빠진 채

오래 지나온 뭍을 찾아가는
촉촉한 마음의 길을
그러한 다리를
하나 가지고 있었다.

어부들이 사는 마을

그 마을에서는
바다가 없어도
파도 소리가 들렸다.
그 마을에서는
배가 없어도
뱃고동 소리가 들렸다.
그 마을에서는
해안선이 없어도
바다에게로 가는 길이 나 있었다.

바다에게로 가는 길이 없어도
파도 소리가 들리지 않아도
뱃고동 소리 들리지 않아도
당연히
그 마을에는
오매불망
어부만 생각하는 배가
주야장천 어부가 없어도
주야장천 어부만 바라보고 있는
두 눈 부릅뜬

그러한

배가 있었다.

누수

　천둥 번개까지 치고, 천장 어딘가에서 새는 비는 이제 함
지박으로도 감당하기 어려웠다. 어쩔 수 없이 바닥에 물고
랑을 만들었다. 그리고 밖으로 구멍을 내어야 했었다. 일단
밖으로 구멍이 뚫리자 안에서 지렁이가 보이고 가끔 생쥐
가 눈에 뜨이기도 하더니, 어느새 잡초들이 자라나 물고랑
이 초록이 되었다. 잡초들 속에는 제비꽃도 있었는데, 활짝
핀 제비꽃은 작업실 가득 향기가 흘러다니게 했다. 그 무렵
부터였다. 어딘가에서 비가 새는 것을 다행스럽게 여기게
되었다. 그리고 오히려 비를 기다리게 되었다. 그런데 참
이상한 일이었다. 그때부터 비가 오지 않았다. 비가 오지
않자 작업실은 점점 생기를 잃어갔다. 나날이 시들어가던
제비꽃이 꽃봉오리를 내민 채 말라죽던 어느 날, 나는 천장
을 통해 안으로 들어오는 한 줄기 햇살을 보게 되었다.
비로소 비가 샜던 곳을 확인하게 되었다.

2부

해당화가 곱게 핀 바닷가에서

일출

"내 지금부터 너희들에게 죄를 묻겠다!"
네 이놈! 하며 뜨는 해
쩌렁쩌렁한 햇살.

암행어사 출두다.

"네 죄를 네가 알렷다?"
소위 몸을 가지고 있는 것들의
이실직고가 시작되었다.

해당화가 곱게 핀 바닷가에서

1

쉼 없이 파도가 밀려와 부서지고 있었다.
사랑한다고! 사랑한다고! 사랑한다고!

2

아픔이 먼저 와서 상처를 감추고 있는
그리움이라 불리는
불치의 이 가난한 마음.
백방으로 쏘다니며 치료해보았지만
다 소용없었지요.
그래, 그냥저냥
살다보면 낫겠지!
했어요.
세월이 약이려니! 했지요.

아무리 살아보아도 낫지 않았어요
언제인가부터는
낫지 않아도 좋으니 아프지만 않게
제발 아프지만 않게…

그래서 여기까지 찾아왔어요.

3

그래요!

지금 환자분께서 바라보고 있는 저 파도처럼

세상을 살아간다는 것은

끝없이 무언가를 그리워하는 것이지요.

살아 있다는 것은

그리움을 앓고 있다는 말이기도 해요.

그리움이라는 이 불치의 고질병

살아 있음은 그저 다만 아플 뿐인 것이지요.

살아 있는 것들은 다 아파요.

우리는 아프기 때문에 살아 있는 것이지요.

우리는 아프기 때문에 살아 지는 것이지요.

이 험한 세상 아무리 어렵고 힘들어도

우리는 아프기 때문에

어떻게든 살아갈 수가 있는 것이지요.

4

해당화가 곱게 핀 바닷가에

파도가 밀려와 부서지고 있었다.

하염없이 밀려와 하얗게

부서져 내리고 있었다,

살아야 한다고! 살아야 한다고! 살아야 한다고!

새들은 내려앉기 위해서 난다

훨훨
하늘을 나는 새들.
새들은 내려앉기 위해서 하늘을 날지만
하늘에는 내려앉을 곳이 없다.
하늘에는 내려앉을 곳이 없어서
새들이 날 수 있다.

폭설

폭설이 와서
산과 들의 물물과 동구 밖 샛강은
모습을 감춘 반면
바다는 더욱 뚜렷했다.
더욱 푸르렀다.
이런 날은
집 밖 어디를 가도
발자국이 분명하게 찍혔다.

야간수색

아무것도 보이지 않았지만
물소리 들리는 것이
어딘가에 개울이 있는 것이 분명했다.
나는 등불 하나 밝혀들고 개울을 찾아나섰다.
산기슭 어디쯤
가시덤불 헤치며 간혹 돌부리에 걸려
넘어지며 가다보면
불빛에 젖은 풀잎은
이고 진 어둠을 내려놓고
그림자 하나 꺼내든다.
키가 큰 상수리나무가 지닌 어둠은
손에 쥔 등불로는 어쩔 수 없다.
궁굼해하면
한 걸음 다가서는 개울물 소리.

숲속에 서 있는 등불에는 사슴벌레 찾아든다.
장수하늘소도 있다.
장수하늘소의 등불은
서어나무 껍질 속에 있었다.
그 등불 아래
개울이 흘러가고 있는 것이 보였다.

문門

새가 집을 짓기 시작하면서
새를 따라 새집에 이르는 길이 하나 생겼다.
어느 날 그 길을 걸어 새의 알이 왔다.
알은 새집을
새의 가장 포근한 곳으로 몰고 간다.
새의 가장 포근한 곳에 이른 새집에서
알은 부화한다.
알이 부화했을 때
새는 어느새 문이 되어 있었다.
자신이 문이라는 것을 아는 새가
먹이를 물어나른다.
시도 때도 없이 어미를 여닫는 새끼들.
간혹 열린 문틈으로
생전의 어머니가 보이기도 했다.

그 바다로 가는 길

아내가 해산에 들어간
방문 잎에서
함께 들어가지 못한 나는
문이 가장 완벽한 벽임을 본다.

내가 안으로 들어갈 수 없듯이
아내도 아내의 문 앞에서 서성이고 있을까?
나는 자꾸만 떨렸다.

무작정 열릴 때를 기다려야 하는 문은
겨울이었다 추웠다 적이었다
덜덜 떨며 등을 돌린 채 안을 엿보는 것이
분만실 문 밖의 남자였다.

아내가 기어이 문을 여느라 악전고투다
안팎으로 잠긴 문은 아닐까?
보이지 않는 문이 슬그머니 나를 연다
그렇게 내가 잠시 열려 있는 사이
거짓말처럼 정말 거짓말처럼
으—앙! 문이 열렸다
아! 바다다.

유년의 바다

"아이에게 엄마가 없다는 것이
어떤 것인지 알아?"
곡소리 뒤에 숨어 영정을 기웃거리던
헐렁한 상복의
한 아이에게 들리던
한 엄마가 다른 엄마에게 하던
그 말.

유년의 창

창 안 가득
바다와 손잡고 들어와
물끄러미
함께 울어주던
긴 목의 그
단발머리 뱃고동 소리.

바람꽃

대낮에, 아주 고요한 대낮에
얄량한 한 바람이
깊은 산속 맑고 맑은 옹달샘의
찰랑찰랑한 물을
그 속이 훤히 들여다보이는 물을
그 정숙한 물을
그 순진한 물을
건드렸음
대번에 물이 여울졌음
돌연
물의 그림자가 생겼음
아뿔싸!
물의 그림자가 세세히
옹달샘 바닥을 들추었음
가물가물 들추며 물의 그림자가
으—으
옹달샘에 드리워져 있던 해를
망가뜨렸음
옹달샘이 어떻게 손써볼 틈도 없이
요놈의 바람이
허우대 멀쩡한 요 염병할 바람이.

바람 없어 슬픈 날

휠체어를 탄 아이가
도로 옆 지하철 환풍구 위에서
멈춰선 바람개비에 속수무책 빠져 있다.
가로수 잎들이 차렷! 자세로 가만
내려다보고,
갈 길을 잃어버린 거리의 휴지조각도
털썩 주저앉아 숨죽인 채 지켜보고,
지레 항복해버린 호객의 깃발들도
다 소용없다는 듯 안쓰럽게 쳐다보고 있다.

도로에서는 차를 탄 사람들이
때도 없는 교통체증에
그만큼 길어진 가야 할 길을
온몸으로 재고 있는 바로 그때,
요란하게 쇳소리 들리더니
쉬—익!
지하철이 지나갔다.
세차게 바람개비가 돌아갔다.

사리 舍利

혹한이었다.
여기저기 못 박힌 폐목들
이른 새벽 신축 공사장 한쪽
불 속으로 던져지고 있었다.
활활 불이 타올랐다.
인부들이 하나둘 모여들고
금세 동그라미 하나가 그려졌다.
안은 따뜻하고 밖은 추운 동그라미.
중심에, 못 박힌 폐목들이 활활 타고 있는
동그라미.

못이 박혀 있다는 것은
어딘가에 요긴하게 쓰였다는 것이다.
연륜이 쌓여가면서 우리 가슴에는 하나둘
못이 박힌다.
나이를 먹는다는 것은 가슴에
박힌 못이 하나둘 늘어간다는 것일 것이다.
대못이든 실못이든…
내게 박힌 못들이 탱탱 녹슬어갈 즈음
나도 어디에서 불타

저렇게 동그라미를 만들 수 있을까?
저렇게 동그라미의 중심이 될 수 있을까?
저렇게 시린 손발들을 녹여줄 수 있을까?
사는 동안 내게 그려졌을 동그라미들의 중심에도
저렇듯 못 박힌 폐목들이 활활 타고 있었음을
새삼 일깨워주는
이 혹한의 세상을 살며
나는 또 누구의 가슴에 못을 박을 건가.
그 못이 될 것인가.
그 못에 박힐 건가.

다 타들어 간 폐목에선
박혀 있던 못들이 저절로 빠졌다.

결국, 혹한에 작업을 포기한 인부들이
언 몸을 녹이다 일찍 돌아간 자리
활활 폐목들이 불타 사라진 그 자리엔
검게 그을린 사그라든 못들만이
저 홀로 수북하였다.
진눈깨비가 내리고 있었다.

3부

참 더러운 불빛

종이접기

허름한 손의 엄지가 지휘하는
소박한 전쟁.

가난한 손의 검지가 수행하는
왕의 나들이.

잘못 접힌 것이 잘 접힌 것보다
소중한
아이들의 나라.

만가輓歌

바닷물이 미치지 못하는 백사장의
모래알들이
뚝딱뚝딱 만들고 있다.
해당화를.

망치질하는 모래알
톱질하는 모래알
끌질하는 모래알…

만들었다가는 부수고 부쉈다가는 또 만드는.

해당화 꽃은 끝내
바다가 완성하는구나.

참 더러운 불빛

어둑어둑
어두워지자
여기저기 등불이
밝혀지더군
그래, 유리창들 도드라지더군
간판들 금방 눈에 들어오더군
약국 빵집 여관…. 등등을 찾는데
훨씬 쉽더군.

어둑어둑
어두워지자
빈민촌은 온데간데없고
매연도 황사현상도 보이지 않고
달동네 찬란한 성이 되어 우뚝 솟아나고
바라볼수록 더욱 화려하고.

아름다워라!
달이 뜨고
별이 뜨고.

우산

되돌아갈 수도 없는 막다른 길에
비 오고 바람 몰아치고
막무가내 어둠이 밀려오던 그때
간신히 펴든 우산이
두서없이 나의 전부가 되는 것은
내겐 당신이 단 하나 우산이라는
그 사실.

이제, 이렇게 길이 사방으로 나 있는
나날들로,
바람 자고
해는 쨍쨍하고
어디 비가 내리지 않아도
나는 간 간
가만히 우산을 펼쳐보곤 한다.

그렇게
오늘도 해는
틀림없이
변함없이

동쪽에서 떠서 서쪽으로 졌으나
아!
젖지 않는 우산은
더 이상 우산이 아니었다.

기찻길과 평행선

너 죽고 나 죽자!
막무가내 싸우고 있었네.
너무 무서워서 나는
기차가 도착하기를 손꼽아 기다렸네.
방황도 다 여물어갈 무렵
당신에게서 더 멀리 떠나는 길의
간이역 플랫폼에서였네.
하늘은 푸르고 바람은 곤히 잠들고
산기슭 돌아 멀리 기적소리가 들리자
햐!
언제 싸웠느냐?
이것들 감쪽같이 한몸이 되는 것이었네.
아하! 적이란 바로 나 자신인 것이구나.
진정한 승리란
적과 내가 함께 이기는 것이구나!
하나가 되는 것이구나!

나는 기차가 떠난 플랫폼에 퍼질러 앉아
한몸이 된
기찻길과 평행선을
하염없이 바라보았네.

사이버스페이스

오늘 나의 작업에 필요한 연장은
길
낙엽
강
꽃.

오늘 나의 작업에 필요한 장비는
수요일
오월
국경일
추석.

준비한 재료는
로트레아몽 백작
반 고흐
모차르트
아돌프 히틀러.

바다를 찾아서

종착역에서 택시로 7분
내려서
보도블록이 걸어간 지점까지 걷다가
느러터진 바위 언덕을 타고 오르기를 한참
한 무덤이 숨어 있는 곳에 이르면
내려가야 할 깎아지른 절벽이 보였다.

절벽을 내려가려면
절벽과 마주 보아야 한다.
절벽을 뜨겁게 껴안아야 한다.
천 길 낭떠러지 아찔한 발밑
길이 보이지 않아도
더듬더듬 온몸으로 껴안으면
희미하게나마 길이 보였다.
그 길이 설령 막다른 길이라 해도
놓치면 산산이 부서질 서로를
담보하고 있는 사랑은 이미
절벽을 벗어나 있는 것.
외로움 혹은 그리움을 디디며
가끔 좌절에 기대어 쉬기도 하면서

조심조심 바들바들 간신히 절벽을 내려서서
잡은 손 잡힌 손 모두 거두고
돌아서면
오래 갈린 둥근 자갈들.
자갈밭으로
하얗게
파도가 밀려와 부서지고 있었다.

시하고 나하고

해가 떠도
그림자에게는
해가 보이지 않는다.

해가 떠도
그림자 없는 것들에게는
해가 보이지 않는다.

해가 떠도
해가 보이지 않는 것들에게는
그림자가 없다.

해가 떠도
해에게는
그림자가 보이지 않는다.

작시 作詩

문을 열었을 때
젖은 머리의 그녀가 막 욕실을 나오다가
문밖에 서 있는 나를 발견하고는
알몸에 감긴 수건을 한번 더 여미는 거실로
햇살이 나의 등을 떠밀고 있었다.
마지못해 거실로 들어서는 나를 따라
햇살도 함께 들어왔다.
햇살이 자리한 거실은 수줍어한다.
말을 더듬거린다.
문을 닫고 커튼을 내리면 거실은
뻔뻔스러워진다 대담해진다.

마침내
안방에서 그녀가 나왔다
화장한 얼굴은 외출복과 어울린다
외식을 좋아하는 민소매 원피스와
연극이 보고 싶은 파스텔 색조의 마스카라.
그녀와 손잡고 거실 문을 나오면
그녀는 온데간데없고
나는 모른다 정말 모른다 잡아떼는
나를 훔친 시詩가 물끄러미 나를 쳐다본다.

빛과 그림자

당신은 떠나고 나는 남아서 당신을 만나는
허허벌판의 폭설.
나는 떠나고 당신은 남아서 나를 만나는
비 내리는 산정의 고사목.
당신은 남고 나는 떠나서 당신을 만나는
폭풍우 몰아치는 바닷가.
나는 남고 당신은 떠나서 나를 만나는
고립의 깊고 깊은 겨울산.

당신은 가고
나는 남아서
당신을 지키고 있는
이 겨울의 텅 빈 백사장.

나는 가고
당신은 남아서
나를 지키고 있는
이 여름의 싸늘한 벽난로

헤어지는 것이 만나는 것이고

만나는 것이 헤어지는 것인

아린

늦가을 플라타너스 나무 한 잎.

고독

문을 사이에 두고
내가
나를
슬그머니 껴안는다.

참 더러운 세상

결단코,
바다가 아니었다면
존재하지 못했을 배가 아니더냐?
그러기는 항구도 마찬가지.
그러나 보아라.
명명백백
바다가 걸려들 때까지
그물을 던질 배다.
바다가 걸려들 때까지
배를 내조할 항구다.

4부

사람아! 사랑아!

사람아! 사랑아!

내가 무릇 모두를 사랑하면
사랑이 내게로 와서 나를 사랑하나니
사람아!
내가 무릇 모두를 사랑하는 것은
곧 내가
나도 모르게 사랑받는 것이었구나.
지금 내가 무릇 모두를 사랑해서
저 창 밖 백합이 창 안의 내게서 피느니
사랑 주는 사람은 벌써 사랑받는 사람
사랑 주는 사람이 사랑보다 아름다워라.

오동도

몹시 추운 겨울 어느 날이었습니다.
그날 바다는 나에게
목도리도 하나 만들어주었습니다.
햇빛이 잔뜩 수놓아져서
누가 보아도
희망이라고 금방 알 수 있는
그런 목도리였습니다.
새파랗게 얼어붙은 하늘이
부러운 듯 쳐다보고 있었습니다.

여수 찻집

주문받으며 연신 눈웃음치는
청바지에 하이힐의 가슴이 큰 화물선
나는 뒷맛이 아리다는 수평선을 시켰다.
양손에 수평선을 받쳐들고 여객선이 왔다
깨끼저고리 다홍치마의 날씬한 여객선
수평선에 몇 방울 뱃고동 소리를 타주었다
우리는 마주 앉아 잠시 함께 흔들렸다
"탈래요? 섬에 데려다줄게요."

"도다리나 노래미 잡으러 가지 않을래요?"
살며시 저인망 어선이 끼어든다
보조개가 뚜렷한 고운 목소리의 저인망 어선.

어느 배든 잡아타고
어디로든 가고 싶었다.

빛깔들

사랑은
빨갛게 길고
파랗게 넓고
노랗게 높다.
사랑에 빠지면 누구라도
그 부피를 계산하여야 한다.
빨강×파랑×노랑
아프다.

사랑이 무채색을 앓고 있다

나는 색맹이고
채도는 시끄럽고
명도는 춥고.

장미꽃 피는 사연

뚝!
장미를 꺾었다.
꺾이면서 손에 쥔 바람을 놓아버리는
장미.
바람이 어지럽게 뛰어다닌다.
그 바람에 내가 담긴 세계가 흔들린다.
마침내 나는 엎질러진다.
고스란히 땅에 스민다.
장미 뿌리를 적신다.
장미가 빨아들인다.

곧, 꽃이 피어나리.

목숨

어! 왜 이래?
썅! 나 죽지 않았어!
이 마스트 안 보여?
나 아직 배란 말이야!
이리 봬도 훤칠한 원양어선이었다고!

뼈대만 앙상한 폐선 한 척
살기등등
개펄을 사정없이 물고 늘어져서는
까짓것 죽기 아니면 까무러치기다
악착같이 놓지 않는다.
밀물과 썰물이 그 많은 낮과 밤이
지겹도록 눈 비 바람이
갔다가는 오고 왔다가는 가도.
"나 살아 있는 거 맞지?"
다그치고 있다.

도둑

정규 뉴스를 봐야 하는 김씨
뉴스 시간 즈음에
리모컨을 든다.
티브이를 켠다.
채널을 맞춘다.
뉴스 전 광고가 나온다. (잽싸게 채널을 옮긴다)
파란 하늘을 솔개가 원을 그리며 날고 있다.
잠시 후, 김씨 다시 채널을 맞춘다. 아직도
뉴스 전 광고다. (잽싸게 채널을 옮긴다)
하얗게 파도가 밀려와 부서진다.
잠시 후, 김씨
다시 채널을 맞춘다. 아직도
뉴스 전 광고다. (잽싸게 채널을 옮긴다)
한 여자가 쐐액! 오줌을 누고 있다.
김씨가 다시 채널을 맞춘다.
이미 진행 중인 뉴스를 본다.

대화
― 바닷가에서

이상하지?

이렇게 비가 오는데 왜 바다는 젖지 않는 거야?

바보! 우산을 받고 있잖아!

우산? 어디?

바보! 하늘 안 보여?

하늘?

너 어제 햇빛 쨍쨍할 때 못 봤어?

바다가 제 몸에 열심히 하늘을 묻히고 있었잖아

바다의 우산은 그렇게 스스로가

제 몸에 묻힌 하늘이야. 잘 봐봐!

온통 하늘투성이인 거 안 보여?

바다의 몸엔 언제라도 하늘이 잔뜩 묻어 있는 거야.

그러니깐!

바다는 언제라도 우산을 받고 있는 거라고!

이 바보야!

신파극

"나 잡아봐~라!"
밤낮으로 하늘은 도망만 가고.
"흥! 못 잡을 줄 알고?"
밤낮을 산은 쫓아만 가고.
그러기를 몇 억겁,
아직도 저 지랄들이라니.
저놈의 하늘은 지치지도 않아. 쉴 줄도 몰라
한번쯤 잡혀줘도 좋으련만….
산이 화낼 만도 하지?
가까우면 가까울수록 먼 것이 하늘 아니던가.
하늘이 한 발짝 가까워질수록
산이 더욱 사나워지는 게 당연하지.
하지만 저 산 배알도 없나?
에구! 저것들 언제 철들는지.

임의 초상

초록 지붕을 한
그 목조 건물은
흰 색의 나무 대문을 뽐내며
강가의 야트막한 언덕에 자리잡고 있었는데
때는 이른 봄이어서
울타리로 두른 개나리가 곱게 피어 있었다.
사방으로 난 커다란 창엔
흰 구름과 강물 소리가 찾아와
한가롭게 놀다가곤 했다.

파계波戒

저 그림자가 있는 것들

다

해에게 들킨 것들이다.

해에게 붙잡힌 것들이다.

해에게 빚진 것들이다.

그때 그 시절 그리운 시절

이윽고 매연을 뿜어대며 털털털 왔어.
퍽 낡아보였어.
간신히 올라탔어. 만원이었어.
좌석은 어림도 없었어.
손잡이도 다 차지하고 없었어.
흔들흔들 금방 꼬꾸라질 것만 같았어.
어쩔 수 없이 나는 나를 잡았어.
유일한 수단이었어. 우왕좌왕
나를 잡은 손에 힘이 가해지고 자꾸만
숨이 막혀왔어. 멀미났어. 오줌 마려웠어.
토할 것 같았어.
도무지 밖을 내다볼 수가 없었어.
결국, 엉뚱한 정거장에 내리고 말았어.
가끔 건너편이 보이는 그런 길에 있는
한아름 가판대를 안고 있는
바쁜 정거장이었어.

기진맥진 길 가다 짐짓 돌아보면
내려야 할 정거장을 하나 커다랗게 짊어진 내가
길을 잃고 서성이고 있는

지금 내가 무명 詩쟁이로 살아가고 있는
이 길의 시작 지점인
그 옛날에 내가 잘못 내렸던
그 정거장.

세한歲寒

1

한겨울 깊은 산에서는
소나무들이
하늘을 막 찌를 듯이 서 있다.
산이 깊을수록 날카로워지는 소나무
산이 깊을수록 밑이 두려워지는 하늘
이따금 하늘에게서 눈 돌린 소나무가
솔방울을 떨어뜨린다.
솔방울 떨어지는 소리에
한발 물러서는 하늘, 한발 물러선 하늘이
소나무를 더욱 날카롭게 한다.

몰래 산을 넘어온 찬바람이
소나무를 다그친다.
이윽고 하늘이 넘어진다.
펑펑 눈이 내린다.
결국
눈에 덮여 주저앉아 부드러워진 소나무
겨울의 소나무.

2

겨울에 소나무는 유독 많이 흔들린다.
상수리나무보다도 떡갈나무보다도
오리나무보다도
바람을 많이 탄다.
흔들리면 몸이 운다.
몸이 울면 정신이 시리다.
제 몸이 울고 있어
겨울 소나무는
바람 속에서 유난히 푸르다.
바람 속에서 유난히 크다.

3

소나무에 톱질을 하면
소나무는 "왜?" 하며 넘어진다.
"왜?" 때문에 톱질이 계속된다.
우듬지가 잘려나갔다. 이어
잔가지들이 잘려나갔다.
잘려 버려졌다.
그때서야 거우 소나무는

한 집에 필요한 기둥의 길이와 대충
맞아떨어졌다.

나의 톱질이
하늘을 아는 소나무를 다스려
산을 내려오게 한다.
빈손으로 터벅터벅 맨발로
산을 내려와
기둥이 된 소나무.

4
한결같이 뿌리도 우듬지도 가지도 다 버린 소나무들이 진
을 빼내느라 바다 한 귀퉁이에 묻혀 있다 머지않아 문이 창
이 대들보가 기둥이 될 그런 소나무들이다 변한다는 것은
저렇게 자기를 버리는 것이었다 진을 빼내는 것이었다 분
명했다 아! 그러나 스스로가 스스로를 버릴 수 없는 세계도
있다 자신의 것인 작은 가지 하나도 지신이 없애지 못하는
세계도 있다

5
기둥이
제게서 하늘을 가리느라
지붕을 받치고 있다.

시화詩話

시라는 이름의 산

밀리에서 바라본 산은 지극히 단순해 보였다. 쉽게 오를 수 있을 것 같았다. 만만해 보였다. 그러나 정작 안에 들어 오름을 시작하는 순간부터 산은 어려워지기 시작했다. 만만하지 않았다. 예사롭지 않았다. 나는 자세를 낮췄다. 여러 경우의 비상시를 대비해 최대한 배낭을 가볍게 한 다음, 신발끈을 단단히 고쳐 묶고 정상으로 향했다.

풀벌레 소리 들리는 잡목숲을 지나서, 물소리 요란한 계곡을 빠져나와, 바람 부는 능선을 따라 오르기를 한참, 이마에 난 땀을 닦으며 바라본, 저 멀리 발 아래로 펼쳐진 풍경은 광활하고 평화로웠다. 은연중에, 높이 오를수록 멀리 볼 수 있음을 목도하며 자꾸만 목이 말랐다.

머리 위로 원을 그리며 날고 있던 솔개가 보이지 않을 무렵, 저 앞에 정상인 것 같은 한 봉우리가 보였다. '어렵고 힘들 것이다'라고 염려했던 것은 괜한 기우였단 말인가? 그렇게 생각하며 선뜻 봉우리에 이른 순간, 이게 어찌된 일인가? 꼭대기라 여겼던 그 봉우리는 작은 한 고개에 지나지 않았다. 내 앞에는 또 하나의 봉우리가 떡 버티고 있었으니….

아래에서 올려다보았을 때는 틀림없이 정상 같아 보였던 봉우리가 이르고 보니 우습게도 다른 봉우리의 시작에 불과했다. 당혹스러웠으나. '그래? 까짓것 저 정도쯤이야….' 의기양양 올라간다. 처음의 조심스럽던 자세는 사라지고 호기부리며 헐레벌떡 오르는 것이다.

그랬음에도, 큰 어려움 없이 그 봉우리에 올라섰다. 그러나, 이런! 저 앞에 턱 버티고 서 있는 더 높고 험한 또 다른 봉우리…. 이번 봉우리는 무섭게 신경질을 부리고 있었다. 잔뜩 골이 나 있었다. 한눈에 보아도 몹시 가파르고 멀고 험했다. 어지러웠다. 답답했다. 산을 오른 걸 후회했다. 어쩌면 이런 상태가 끝없이 이어질 수도 있다는 불길한 생각이 들기 시작했다. 그러나 나는 이내 마른 목을 축이고 짐을 다시 정리한 다음, 마음을 다잡고 조심조심 천천히 또 오른다.

이제는 냉정해져서 새소리에 귀 기울이지 않는다. 바위 틈의 꽃들에게 눈주지 않는다. 흥얼거리던 노래도 더 이상 부르지 않는다. 짐짓 진지하게 수통에 남은 물을 재고 기상을 살피기도 하면서 여분의 식량을, 소모품들을, 몸 상태를… 점검하게 되는 것이다. 비로소 산 앞에 겸손해지는 것이다.

그러다보면 어느덧 나는 또 한 봉우리에 올라가 있다. 그러나 역시 이 봉우리도 산의 꼭대기 주봉은 아니다. 전과 마찬가지로 단지 한 고개일 따름이었다. 저 앞에는 더 험하고 높은 봉우리가 또 떡! 버티고 서 있었으니….

이쯤에서 나는 그만 털썩 주저앉아버린다. 발바닥 여기저기 물집이 생겼고 등에 진 배낭은 돌덩이처럼 무겁다. 어느덧 등산로도 희미해져서 정신차리지 않으면 길을 잃어버릴 판이다. 인적도 끊긴 지 오래다. 게다가 금방이라도 폭우를 내릴 듯이 하늘은 잔뜩 흐려 있다. 두렵다. 그만 내려가고만 싶다. 산이 무서워지기 시작하는 것이다. 길을 잃고 조난당할 수도 있다는 생각, 고립될 수도 있다는 생각이 막무가내 하산을 종용하지만, 어쩐지 이번만큼은, 이번만은 저 봉우리가 정상일 것만 같다. 꼭대기일 것만, 진짜일 것만 같다. 그리고 이제까지의 수고가 무위로 끝난다는 것이 안타깝고, 무엇보다도 자신과의 싸움에서 졌다는 자괴감, 그것 못지않은 정상에 대한 그리움 등등 이런저런 것들로 쉽게 발길을 돌리지 못한다.

그렇게 오도가도 못하고 잠시 주저앉아 머무는 동안, 이 산을 내려오는 한 사람을 만난다. 그 사람에게 묻는다. "정상이 얼마나 남았어요?" 그러나 그 사람은 그저 웃어보일 뿐 한마디 말이 없다. 결국 나는 이 생각 저 생각 다 떨쳐버리고 그냥 또 기진맥진 오른다. 간간, 멈춰서서 조용히 산 아래쪽을 쳐다보기도 하면서.

산이란 그랬다. 처음 산 아래에서는 넓었던 길이 오르면 오를수록 좁아져서는 급기야 겨우 흔적 정도만 남아 있거

나 아예 사라져버리기 일쑤였다. 산의 계곡과, 계곡을 타고 흐르는 물줄기도 마찬가지였다. 산은 오르면 오를수록 계곡의 폭이 좁아든다. 물줄기의 폭도 역시 좁아든다. 좁아들다 이윽고 자취를 감춰버린다. 산이 품고 있는 나무는 또 어떤가. 산 아래에선 그렇게 울창하고 커다랗던 나무들이 위쪽으로 가면 갈수록 자꾸만 작아진다.

　이렇게 산은 높은 곳일수록 그 환경은 열악하고 피폐하기 마련이었다. 그런데 이 열악함, 피폐함이 산의 여러 아름다운 요소들을 만들어낸다. 기암괴석들, 깎아지른 암벽들이 그렇고, 고사목이 그렇고, 앉은뱅이 초목들이 그렇고, 고고한 만년설이 그렇고…. 산인들이 위험을 무릅쓰고 고산을 오르는 그 이유는, 정복에 대한 갈망도 있겠지만, 잠시만이라도 자신의 환경을 열악하고 피폐하게 하고 싶어서 그러는 것은 아닐까? 이 열악함과 피폐함이 자신에게 어떤 독특한 아름다움을 만들어준다는 것을 알기에…. 그러니까, 잠시라도 독특하게 아름다워지고 싶어서 고산을 오르는 것은 아닌지…. 지금의 나도 그런가? 독특하게 아름다워지고 싶어서? 그러고 보면 정말 그렇다. 이 시詩라는 이름의 높고도 험한 산을 나는 무엇 때문에 부득불 오르고 있는가? 그렇게 자문하며 가만히 하늘을 올려다보는 것이다.

　하여간에, 나는 지금 시라는 이름의 산을 등반하고 있다. 지금 내가 서 있는 여기는 산의 어디쯤일까? 그러나 나는 알지 못한다. 가르쳐줄, 물어볼 누가 있는 것도 아니고 애당초 이 산의 지도는 존재하지도 않고…. 이렇게 자신이 지금 어디쯤에 있는지조차 모르는 채 나는 지금 이 산 속에 있다. 이 산을 힘겹게 오르고 있다. 까맣게 모르는 정상을 향해 한사코 오르고 있는 것이다. 오르다 도중의 한 봉우리에 이를 때마다. '또 속았군! 역시 한 고개에 지나지 않는군!' 탄식하며, 이러한 고개들이 모여 산의 지고한 정상을 만드는 것이라고 자위하며, 더 오를 것인가 내려갈 것인가를 놓고 잠시 생각하다가 분명 다시 또 오르는 것이다. 더 높은 봉우리를 향하여 기진맥진 기어오르는 것이다. 산골을 따라 산꼭대기로 피어오르는 저 산안개처럼 그렇게 운명처럼….

지금 내가 오르고 있는 오로지 홀로만이 올라야 하는 시라는 이름의 이 산은, 어쩌면 정상이 없는 산인지도 모른다. 아니다, 분명 정상이 없는 산인 것 같다.

그래도 굳이 정상을 논하여 규정하자면, 누구든 산을 오르는 자의 스스로가 그 정상이 되어 우뚝 서야 한다는 것이다. 스스로가 자신이 이 산의 정상이라고 여길 때 비로소 정상이 존재한다는 것이다. 그러나 이와 같은 경우는 산을 오르는 과정에서 가당치도 않은 일이라는 것을 이미 깨닫게 되어 있다.

지금 창밖은, 먼바다에서 거친 파도를 타고 와 내게 도착한 거센 바람으로, 주변의 초목들이 엎드렸다 일어서기를 반복하고 있다. 웃자라 꺾일 듯 어쭐 줄 몰라하는 이름 모를 풀꽃이 안쓰럽다.

어쨌든….
나는 오늘 진정으로,
시詩라는 이름의 이 산 입구에
〈입산 금지〉라는 푯말 하나
커다랗게 내걸고 싶다.

1999년 월간『현대시학』에 신작 소시집 특집을 발표하면서 함께 올렸던 시화詩話를 다시 써서 여기에 올렸다. 그때나 지금이나 나는 똑같은 상태와 상황에서 시의 산을 오르고 있는 중이므로.

2024년 2월 29일

현대시세계 시인선 **161**

살아 있는 것은 다 아파요

지은이_ 김성오
펴낸이_ 조현석
기　획_ 김정수, 우대식
펴낸곳_ 북인
디자인_ 푸른영토

1판 1쇄_ 2024년 04월 15일
출판등록번호_ 313 - 2004 - 000111
주소_ 121 - 842 서울 마포구 서교동 460 - 34, 501호
전화_ 02 - 323 - 7767
팩스_ 02 - 323 - 7845

ISBN 979-11-6512-161-7　　03810
ⓒ김성오, 2024